サイン君の空

吉村友成

Parade Books

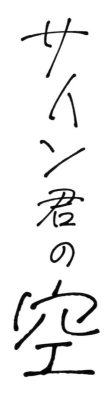

目次

サイン君の空

爽快な顔をしていた。

吉村が映画館から出てくる。ボソッと独り言をつぶやく。

「いやー山崎さん　いい味だしてたな
　片岡っていう若い役者はわざとらしかったけど（笑）」

帰宅途中

同級生女子Ａ
「あれ吉村だわ　いつものように陰気くさいわ」

同級生女子Ｂ
「いつものようにボーッとしてるわ
　テレビの見過ぎで頭が変になってるのよ　独り言しゃべってるし」

翌日　学校にて

吉村
「昨日観た映画　主人公の山崎さんがいい味だしまくってた

　　モロ出し祭りだよ」
同級生男子・藤田
　「あっそう　なんだその祭り（苦笑）」
吉村
　「そうか　あんま興味ないみたいね
　　役者がよく表現してる映画だったけどな　片岡以外」
帰宅後パソコンに向き合いネット検索
デパートにてサイン会予定の告知あり
近所だし、予定を合わせて行く。
吉村
　「サインありがとうございます
　　山崎さんの映画【地獄】観ました
　　役作りたいへんだったのでは」
山崎
　「あれはね　ボクシングを習ってあの感じだしたんだよ

練習して地獄を感じないと内面から出てこないんだよね
今日は来てくれてありがとね」
吉村　「やはりそうしてリアリティーを出すんですね」

翌日　学校にて
吉村　「小遣い稼ぎで　エキストラしてみるわ」
藤田　「あっそう」
吉村　「山崎さんがおっしゃってたようにリアリティーだな
競馬の観客役　だから　競馬場へ一度行こうぜ　連れてって」
藤田　「いやだよ」
仕方なく1人で競馬場見学
熱気を肌で感じる。
ドラマ撮影当日

監督　「君　いい表情してたよ」
吉村　「ありがとうございます」
競馬場見学が活きたんだな、照明の方、かっこいいな、縁の下の力持ちだなと内心思う。

翌月
秋葉原　電気屋にて
吉村　「色々な電球があるんですね」
店員　「強さ弱さ　色　ぜんぜん違うよ」
照明の世界も奥深いんだと内心思う。

帰宅後
吉村　「今夜は俺の役者デビューだ」
父　「役者なんて言えるレベルじゃないだろ　ミーちゃんハーちゃん」
ドラマ放映　エキストラ場面が映る。

父　　「うける（笑）」
吉村　「太陽の光と照明がよく合っていて　綺麗　確かにいい表情してるわ俺」
父　　（苦笑）

ドラマ後のテレビ番組
【コレクターの達人】
今日の達人　サイン収集家　宝島さん　１０００点にのぼるサイン
宝島　「サインって　サインを通して高名な方とお話ができて
　　　なんか歴史の中のエキストラになった気がして止められません」
吉村　「この方　かっこいいね」

翌日　学校にて

吉村　「お　藤田　昨日のドラマ観た？」

藤田　「観た観た　何で？」

吉村　「何でって
　俺　映ってたでしょ」

藤田　「知らねーし
　どうでもいいわー
　ていうか　それより後の番組の方が面白かった」

吉村　「俺も観たよ　あの宝島さんっていうサインコレクター良かったね」

藤田　「あーあの人ちょっと変人ぽかったけどね（苦笑）」

吉村　「えっ（汗）」

藤田　「まあ
　お前　芸能好きみたいだから　歌舞伎座の券これ　やるよ
　一緒に行くか」

吉村　「お　ありがとう　楽しみ」

学校帰り　歌舞伎舞台鑑賞

吉村　「歌舞伎　なんだかわからないけど綺麗なのはわかった
　　　決めるとこは一斉に決めるんだなー
　　　出待ちしようぜ」

藤田　「しゃーねーな」

吉村　「与太さんのサインもらおっと　藤田　上手いアングルでカメラお願い
　　　この電信柱の下が光の具合が良いや」

藤田　「はいはい」

吉村　「けっこう緊張する　タイミングだよな」

与太さん通り過ぎる。

吉村　「与太さん　与太さん」

藤田　「お前　声小さいんだよ　間も悪いし　鈍くせぇな」

吉村　「あーだめか」
藤田　「残念でした　帰るぞ　発声練習でもしとけ（笑）
　　歩き方もヨタヨタだし（笑）ビシッとしろよ」
吉村　「山田君　座布団持っていってだな」

自宅にて
吉村　「サインお願いします！　サインお願いしますッ」
大声で連呼している。
父　「お母さん　あいつ　大丈夫か
　　ちょっとおかしくなっちゃったんじゃないのか」
母　「いや　発声練習みたいよ」
父　「発声練習なんてあ・い・う・え・お　とかだろ　サインお願いしますって
　　いつからこんななっちゃったんだよ」
母　「なんだか学校であだ名がサイン君なんだって」
父　「情けないな　嫌になっちゃう

人のサイン貰ってばかりじゃしょうがないな」

一週間後
吉村は黒沢先生脚本・監督の舞台［友達の友達の友達］を観に行く。
気合いを入れて出待ちをする。発声練習の成果を出す時であった。
大御所である黒沢先生のサインを頂けるかドキドキしていた。
大丈夫さ、あの山崎さんとも堂々とお話できてサインも頂いたし
与太さんには失敗したけどリベンジだと言い聞かせる。
色紙とペン　準備はオッケーだ。

吉村　　「すいません　黒沢先生　サインお願いしますッ」
黒沢先生「おっ威勢がいいね　活きがいい　魚かよ（笑）　はいヨ〜」
吉村　　「えっはい（苦笑）魚です……（汗）　あ　ありがとうございます」
黒沢先生「俺のサイン　1円もしないよー　また観に来てね」

脚本家の黒沢先生のサインを頂いた。
それからか
黒沢先生のドラマを観ると、黒沢先生の顔が浮かぶ。
文字が浮かぶ。
映像や役者より文字に意識がいく。
ここで切り返すのか、こうオチに持っていくのか。
なんとも黒沢先生に会いたくなってきた。

高校を卒業してフラフラした日々を送っていた。

ある日
黒沢先生の事務所へダメ元で行ってみた。
強く願ったら通してくれた。

吉村　　「初めまして　吉村と申します
　　　　　黒沢先生に一度サインを頂きまして
　　　　　それ以来　先生のドラマのファンになり
　　　　　一度お話しさせて頂きたく　ダメ元でお願いに来た次第です」
黒沢先生「あ　なんか覚えてるよ　サインしたの
　　　　　若い子と話すの好きだから　まあ座ってください
　　　　　君は何を目指しているの？」
吉村　　「絵描きになりたいです」
黒沢先生「あ
　　　　　物書きではないのね
　　　　　だけど君センスあるよ　うん
　　　　　1つ秘伝の方法を教えてあげるよ」
吉村　　「秘伝ですか」
黒沢先生「俺のオリジナルの秘伝だよ　君は若いし愛嬌がある」
吉村　　「よろしくお願いします」

黒沢先生「君が絵描きになりたいなら他の人の絵は見ないことだね
物書きの俺のとこへ来た君はセンスがいい」
吉村「え　学校の先生に色々と良い絵を見て
絵の技術を勉強しなさいと言われはしましたが」
黒沢先生「それは大きな間違いだよ　信じてはだめだ　技術なんていつでもいい」
吉村「けっこう有名な絵描きさんやミュージシャンも周りの作品に触れているって
テレビでも聞きますが　それはどういうことですか」
黒沢先生「それはさ
その業界の発展のため　表向きな言葉であって
作品に触れるにせよ
どっぷり浸かってないよ
ドライに距離感を保って触れているはず　絶対
テレビをあんまり信用してはダメだ　目の前の事を信じなさい
表現の世界　いちばん大事なのは個性だよ　人に染まってどうするんだよ
吉村という看板を守るんだよ　強めるんだよ

俺なんて脚本や小説　絶対読まないよ
読んでたまるか
学生時代の課題で仕方なく太宰さんの本一冊　読んだっきりだよ」
吉村「えっ
ではどうすれば良いですか」
黒沢先生「何も芸術に触れるなと言っているんじゃないからな
絵は一切見ない
その代わり　他の分野　音楽・舞台・小説・なんでも
いっぱいに吸収しなさい
それと同時に周りと少し違った体験をするといい」
吉村「人と違う体験ですか」
黒沢先生「例えばさ　みんながハワイ行きたくて行くでしょ
君だけパプアニューギニアへ行くんだよ
ハワイ行った人間の感性で作文書くでしょ
まあハワイの旅行記でもなんでもいいや

それと
パプアニューギニアへ行った感性で書く文
旅行記はどう見てもパプアの方が面白いし　みんな見るでしょ　それだよ」

吉村
「なるほど
はい　それを心得て行動します」

黒沢先生
「そうすれば100パー良い絵描きになれるよ
基本的に孤独じゃないと表現者になれないけどね
孤独のあまりノイローゼになるくらいが向いているんだよ
パプア行くくらいだから（笑）
なんか授業みたいになっちゃうけど
結局　芸術の世界って想像力の世界でさ
岡本太郎さんの絵を観て
そこから色々と想像するのが楽しいのであって
現実的に
こんな子供が描くような絵　意味を教えてくれよ　岡本さん

　　　　　もう少し絵の勉強をした方が良いんじゃないかって言ったらそれまでよ」
吉村　　「岡本先生の絵に説明を求めても意味がないですね」
黒沢先生「説明書きはいらないんだよ
　　　　　現実的な思考の方は経験上
　　　　　既成概念を強く意識するから　新しいことを拒む傾向があるのね
　　　　　こうでないといけないというのが強いのよ
　　　　　表現の世界　こうでなくてはいけないなんて1つもないんだけどね
　　　　　1＋1＝3という教育があっても良いと思うよ
　　　　　サインコサインタンジェントなんて勉強するより
　　　　　俺のサインもらった方がいいんじゃね？（笑）」
吉村　　「はい
　　　　　サインコサインなんて生活で使ったことないです」
黒沢先生「だろ（笑）
　　　　　まあ
　　　　　俺の専門である文学だってそう

文字からいかに想像するか
例えばさ
笠置さんの『東京ブギウギ』という歌　聴いたことある？」

吉村　「いや　聴いたことないです　そういう歌があるんですね」

黒沢先生「これを聴いたことない君みたいな人に
どんな歌だと思う？って聞くと
東京・ブギウギ
ブギウギとはノリの良い語呂だ
そしてブギって
どこかで聞いたことある楽しい印象だな
東京を明るく歌った曲かもと思うか
いやいや　聴いたことないもの分かるわけないだろ
説明してくれよと現実的に考えるか
確かにその通りなんだよね
分かるわけないもの　聴いたことないから

文学っていうのは
例で言うと　ちょっと見てみな
この本は四角形だろ　４つ角がある
このうち３つの角については文に書く
残り１つ　右下の角を読み手に想像させるのが文学であって
４つ書いたら　説明書だよ
各々の知識や得意分野によって右下の想像の差はあるにせよ
読み手にそもそも想像しようという気持ちがなければ
右下だけ抜けた穴開き文だからね
小説はある程度　想像を誘導してくれるけど
この前やった舞台の戯曲なんかは場面場面の想像が必要で
役者さんに想像力が求められるのね」
吉村　「はい
文字や文脈から想像する癖をつけたいと思います」
黒沢先生「つまり

想像思考か　現実思考か
どちらが良い悪いではなくて
少なくても芸術の世界では想像思考でないと厳しいね
目には見えないものもあるとして判断するか　目に見えるもので判断するか
心って目に見えないだろ
心を痛めると心の存在に気がつくんだけど
痛めたことのない人にはピンとこないんだよ」
吉村「はい　勉強になります」
黒沢先生「なんというか
目に見えない不思議なチカラってあると思っていた方が良いね
世の中　不思議な事って起こるから」
吉村「はい　私は神棚によく手を合わせます」
黒沢先生「うん　それも不思議なチカラの1つだよね
俺はそういうチカラを信じる方なんだけど
世の中　現実思考の人もいて」

吉村　　「そういう不思議なパワーって浪漫や夢を感じますよね」
黒沢先生「そうなんだよな
　やっぱり現実思考は不味いな
情緒がない
俺は現実思考の人とは合わないんだけどさ
人間関係も想像力が必要でね
人間って　人にはとても言えないことはいくつもあるものだよ
俺なんて言えないことの塊だよ（笑）
それを会話から　この人はこういう苦労があるかなと想像するもので
それを思いやりと言うんだよ
ただ言葉を表面上だけ聞いて　偏った見方をするのは
俺からしたら　それを馬鹿と言う
よくキレる人って想像力がない人のことを言うんだよ
よっぽどのことがない限り
人間そうしょっちゅうキレるもんでもない」

吉村　「よくキレる人いますよね
テストで良い点をとらないと馬鹿だと言われますが
テストだけではないと思います」

黒沢先生「うん
俺なんて1＋1＝3って答える子の方が夢を感じて○つけるけどね
学校でも会社でも偏った見方をし過ぎなんだよ
俺のじいちゃんは勲章をもらったそれはそれは偉い人だった
その偉いじいちゃんに可愛がってもらった良い事はいっぱいあるけど
それゆえの悪い事　やりづらさもその分あるんだよ
ただのじじぃじゃなかったからね
みんな　見栄えが良いもんだから　俺の事をご苦労なしに思うけどさ
俺だって若い頃　警察沙汰で警察署へ行ったことあるんだよ
もう一歩で捕まるとこだったけど　運よく逮捕はされなかったけどな
あれは相手が怪我していたら　傷害だったな
はがいじめにされてね

取調室で
物凄い勢いで警官3人に怒鳴られたけどな
親父が青ざめて迎えに来たよ（笑）
若かったんだな　あの頃は
みんな　あの名家のお坊ちゃんが警察とは無縁だと思うよ
人間そんなもんだよ
この話は誰にも言うなよ
だから　そういう目で人間の裏を想像しなさいという意味で
サンプルとして言っただけだからな
喜怒哀楽を色々と経験した人は読めるんだけどね
君は喜怒哀楽多き人生をおくりたまえ」

吉村「人の背景を読めるようになるには努力が必要ですね」
黒沢先生「人の背景を読もうとする意識は必要だね
努力って報われる努力と報われない努力がある
まず基本的土台として　ちょっとメモっておきなさい

3つ必要なのね
1つ目　環境
これは人間関係の良好さだけでなく　経済的にも恵まれないとならない
しかし　お金は常にくれる人がいれば良いが　世の中そんな甘くない
くれる人がいなくなったら　どうするの？
どん底へ落ちるよね
だから　お金を稼がないとならない　手に職をつけないとならない
そうすれば　どん底に落ちることはなくなる
ある程度　安定するだろ
新人の頃は　汚い仕事を率先してするんだよ
人の嫌がる仕事
便所掃除とかね
そこから見えるものはとてもとても美しいものだから
新人が権利を主張して
金の権利だとか

労働の権利だとか主張し始めたら
その美しいものが見えなくなってしまうから　もったいない
仕事は金のためと思って働くと進歩がない
何の仕事でも社会貢献だと思って働くと心が美しくなって
良い発想が生まれるからね
結果的にお金が増えるよ
よく金がない金がないっていう奴いるけど
単純に働けばいいし
それでもないっていう奴は
金の使い方が荒いだけだから
質素に生きて
使うべき時に使うようにしなさいよ
お金を貯めて個展でも開く大きな夢を持てよ
自分ばかり話してるけど大丈夫か」

吉村　「もちろんです　先生のお話をお聞きしたくて来たので」

黒沢先生「じゃあ続けるよ
俺の若い頃はさ　思い出すと　職場で色々なことがあったのね
俺は周りからお坊ちゃんと思われてさ　まあ仕方ないんだけど
本当にお坊ちゃんだったから（笑）
だけど　みんな面白くないんだよ
並の仕事してたらダメなの
ミスした日にゃ
ここぞとばかりに叩くから
人の不幸は蜜の味
人の幸せ癪の種っていうことわざがあるでしょ
だから人よりも仕事してミスもなくてやっと並の評価なの
だけど振り返ると
それで良かったんだよ　いやそれが良かったんだよ
様々な景色が見れて
少なくとも人の不幸を悲しみ　人の幸せを喜ぶ人間になりたいね

そのためには美しいものをたくさん見なさい」
吉村「とりあえず便所掃除は率先してします」
黒沢先生「そうね　よろしい
俺もまだ家の便所掃除とゴミ出ししているよ
2つ目ね　素質だな
人間　向き不向きはある
だから　何事にも何の世界にでもチャレンジすること
そうすれば　自分が何者であるか少しずつ分かり
向き不向きが分かっていくものだから
よく手を繋いで徒競走しようとか言う人いるでしょ
よく残酷なこと言えるなぁと思うよ
向き不向きがわからないじゃんか
色々な世界を体感して
これだという世界に飛び込むんだよ
最後に3つ目は運

これは良くないとうまくいかない
俺は人への感謝がある人は運が良くなると思う
人が応援してくれて　いざという時　助けてくれる
だけど　感謝の心になるには色々嫌な思いをしないと
その心がなかなか生まれないよな
助けてくれた人には何倍も感謝を伝えたいし
いじめてくれた人には何倍も嫌な思いをお返ししたいし
それが礼儀ってもんよ
一番は自分が輝くこと
そうすれば応援してくれた人や助けてくれた人は嬉しいし
いじめてきた人にとって　人の幸せ癪の種だから
嫉妬でもがき苦しむ　そういう奴は一度地獄へ落ちればいいんだよ
だから環境・素質・運
この3つが揃って　はじめて努力が活きる
取り憑かれたような努力を夢中になってできる

３つのうち１つでも欠けた状態では
普通の努力で普通の結果　並で終わるんだよ
よくさ
寝食忘れるって言うでしょ　まさにこの夢中な状態ね
こうなると楽しくて努力しているという認識がなくなるから
だから　その時は寝ることと食べることを努めてしなさい
でないと精神も体力も持っていかれるから　気をつけな
まあ　あれだな　先ずは何の世界でもいいから仕事することだな」

吉村「絵描きを目指していたんですが
先ずは仕事をすることから始めたいと思います
先生のお話を聞いてふと思ったんですが
３Ｋと言われる仕事が良いと思いました
汚い　キツイ　危険　または給料安い
先ずは飛び込もうと思います」

黒沢先生「うん　君はこの俺のところへ来る度胸があるから

どの世界でもダイジョウブでしょう
がんばれよ」

吉村「ありがとうございます
いや　勢いはあるんですが　意外と内心ビビる方なんです」

黒沢先生「うん（笑）
その方が可愛げがあるよ　ずっと勢いがあるより
あの庭先のひまわりと同じだよ」

吉村「え　ひまわりですか」

黒沢先生「ひまわりの根っこには栄養の良い土があって
キラキラと眩しい太陽が当たって
水をあげてくれる　手入れをする人がいるだろ
そういう条件が整って
はじめて　ひまわりは自分の黄色というトレードマークの色を活かして
元気いっぱいに咲けるんだよ
1人でなんでもできると思っちゃダメなんだよ」

吉村　「なるほど　私も立派な花となって咲けるよう恵みに感謝して努力します」
黒沢先生「がんばれよ
　俺がひまわりを好きになったのは　若い頃でね
　卒業旅行でソ連へ行った時
　一面に咲いたひまわりを見てさ
　もうこの力強くてそして可愛いひまわりのファンになってしまったよ」
吉村　「なんか元気が出てくるお花ですね」

2人でひまわりを眺めながら
いっとき、穏やかな空気が流れる。

吉村　「あ　しかし
黒沢先生のドラマを拝見していると
人間模様の描写が凄まじいんですが　どうやったらそう書けるんですか」

黒沢先生「まあ
振り返るとさ
俺の親父は三男坊なのね
その三男坊が何故かじいちゃんと同居してたわけさ
結局のところ末っ子の三男がいちばん優しいから
じいちゃんが選んじゃったんだけどね
三男が同居と聞いただけで
その辺りのおばちゃん連中は構造がもう読めるんだけど
どうなるかというと
長男次男が決めて　三男一家がするという構造が生まれるわけ
催しものや介護問題も何でも
決めた人間がすればいいわけなのにね

姉妹もいたからうるせーのなんのって
余計な一言でじいちゃんの顔色が変わるし　小言も出てくる
だけど
偉かったもんだから誰も物申せないの　外国でも勲章もらうぐらいだからね
ただのじいさんだったら　うるせぇじじぃで終わるんだけど
あれだよ
お正月だって家で大宴会を開くんだけど　俺の一家が全部用意して
俺の一家が全部片づけるんだから
お客様顔して来るだけの親戚は楽なもんだよ
口だけは凄いんだよ
もっとピカピカに掃除しておけだ　この食い物不味いだとか
「ぼんち」の山田五十鈴ばりに（笑）
知らないか　びっくりしちゃうよ
人間って自分の都合の良いように解釈して物事を言うもんなんだよ
三船さんの「羅生門」じゃないけど

これを肌で感じたのが
この前　俺の本の出版の集いというか会があってね
俺の記憶と撮影されたビデオの記録が所々違うんだよ
その場面場面
自分に都合の良いように解釈して覚えていてさ
録画を見てニュアンスが違う所がいくつもあった
こういうことってあるんだなと思ったよ
自分の見方で見がちなのね　人間って
話逸れたけど
その愉快な仲間たちのお蔭様で
いや不愉快な仲間たちのお世話様とでも言うのかな（笑）
面白いくらい次から次へと色々なことが起きる家だったけど
今　それが活きてる　人間の描写へ繋がったんだろう
そして先生なんて呼ばれる分際になった」

吉村

「黒沢大先生です」

黒沢先生「ハッハッ　気持ちはまだ小学生だけどな（笑）
兄弟なんて仲が悪いくらいがちょうどいいんだよ
下手に仲良いのは気色悪い　身贔屓という言葉があるでしょ
兄弟愛も程々にしないとな
兄弟愛は子供の時まで
大人になってまで続くと
嫁や子供が振り回されるだけだよ　まあ経験上ね
まだ君にはピンとこないだろうけど
そう心得ておきなさい
これからの人生　ふとこの言葉を感じる時が来るから
うん」
吉村「何事も一線を設けるのは大事だと思います
親しき中にも礼儀ありですから　すいません　生意気なこと言って」
黒沢先生「君　うん　できているね
昨年来た若い子は　脚本1本いくらくらいお金入るんですかとか

記者みたいな下世話な質問したから3分で帰したけどな
金なんて後からついてくるものだから
そういう子は失敗するね
まあ　君へのアドバイスは止まらないけど」
吉村「はい　人を感動させることが目標ですからね」
黒沢先生「うん
君自身がバカになればいいんだよ
そうすれば周りが本当の事　真実を言ってくれるから
君は黙って聞いていればいい
俺の一家は黙って聞くしかなかったけどさ（笑）
少年のように親父が大人しくてね　うん
まあ　その聞いたことが君への肥やしになって絵に繋がるから
賢ぶると周りは構えて表面上の言葉しか言わなくなるんだよ
バカな顔してればいいの
俺なんかコーヒーが好きなのもあるけど

わざわざ喫茶店へ行って　ボケた顔で寝たふりしながら
隣のカップルの会話を聴いてるんだよ（笑）
自然と頷いちゃったりしてね（笑）　うん彼氏の言う通りとか（笑）
頭の体操になるんだよ
それ頂きとばかりにメモったりね
改めて取材なんてしなくても常に取材できるんだよ
自分の脳みそから作品は生まれるわけだけど
1人で考えても煮詰まってなかなかアイディアが出てこないし　限界がある
そう色々出てくるもんでもない
自分がどうしようもない最低な人間だと
いつまでも劣等生だと思ってればいいだけ
そうすれば周りが先生になってくれる
簡単なことだろ　その方がね　生きやすいよ」

吉村「はい　何事も低姿勢でいこうと思います」

黒沢先生「世の中　と金ってあって

劣等生が先生になった瞬間　最強になれるのよ
生徒が何故そこでくじけているかすぐ分かるから
優等生が先生になると
自分がくじけたことないもんだから分からない
ただこの世の中
優等生が先生になるようできている
会社でも何でも
お偉いさんが気に入るのが出来の良い優等生だし
都合もいいからね
困った世の中だよ
分かったか
いつまでも
とことん謙虚でなければ作品は作れませんよ
見ればわかるけど
スポーツの世界でもなんの世界でも活躍している人は

優しくて謙虚で品があるでしょ
君もそこを目指しなさい
下品だと闘争的だから何かの拍子に問題を起こす」
吉村「はい　ありがとうございます」
黒沢先生「あと最強になる技として死を感じるといいね
生きていれば嫌なことが重なって死にたくなることも何度かあるものよ
そのトンネルを抜けた瞬間
パッと明るくなって無性に生きたくなるんだよ
生命を感じるんだな　これ最強
簡易的に体験するにはね
スカイダイビングしてみ
俺も栃木でしたことあるけど　飛び降りる時　一瞬　死を感じるから（笑）」
吉村「スカイダイビングですか（汗）
先ずは劣等生というか　私自身がバカになりたいと思います」
黒沢先生「スキューバじゃなくてスカイね（笑）

俺なんか子供の頃　さっきも言ったように
いやでも親戚が集まる家だったからさぁ
押し入れで寝転んで全部親戚の話を聞いていたよ
紙にメモっちゃったりね　うん　やった　やった（笑）
この伯父さん　こんなこと思っているんだぁって
えーーっとか
面白くて面白くて」
吉村「聞くって大事ですね」
黒沢先生「まあー俺の悪口も聞こえてきたけどさ
勉強もろくにしない馬鹿だとか（笑）犬飼いたいなんてとんでもないとかさ
俺の一家だけ学歴イマイチなのね（苦笑）
その聞いたことをさ　母に言うわけ
スパイするわけ
母は嫁という立場だからそれを心得て行動するわけね
周りは血の繋がらない他人だからさ

母と俺がタッグ組んだわけ
だって母からしたら唯一の血の繋がりが俺だもん
応戦しなくちゃ
007より凄いよ（笑）
あ　この映画は知っているか
だから面白い家だったよ　常に活劇が展開されるような家だった
俺に才能というものがあるなら
そういう家に生まれたのがある意味　才能に繋がったのかもね」

吉村「才能というのはあると思います」

黒沢先生「いや　才能というか生まれ持ったものはあるよね
この顔だってそうだし
男として生まれたのも生まれ持ったもの
そういう家庭というか一族で人間の道理を学んだ気がする
こういうことしちゃだめだなーって子供ながらによく思ったもの
人間　道理に基づく要が体の中心でガチッと固まったら

少しぐらい技術が不味くても
もう無敵なのよ　これこそ最強だな
この要がズレていると何やってもだめ
道理に基づく要を固めるっていうことは
つまり　環境が整って自分が何者かが分かり
人生色々あって感謝の気持ちが芽生えたということでもあるよ
手始めとして
とりあえず挨拶することと時間を守ること
これが出来ればポンコツでも可愛がってもらえて食べていけるんだよ
それができないとただのポンコツのままだからな
意外と小学校で習ったことが出来ていない大人が多くてね
大人になると忘れちゃうのかね
うん　可愛がられながら　道理を学ぶべきだな
時には自分自身が道理に反することもするよ
人間だから当たり前の事

ただ当たり前だと思い上がらず
そこで反省するんだよ
微調整するのね
この年になって周りを見ると
反省しないで悪事を重ねている奴は自滅してる
微調整しないとダメだ
社会で多少いじめられた方が微調整が利くんだけどね
肌で感じるから」

吉村
「誰かが言った言葉で
ダイヤの原石も傷をつけてダイヤとして輝くってお話を思い出しました」

黒沢先生
「良い例だね　磨かないとダメよ
極論を言うと
人生の前半で花咲かせて後半枯れるか
前半イマイチで後半花が咲くかの2択なんだよ
じじばばが若いうち　苦労しろってよく言うのは

年取って枯れるのは惨めだからなんだよ
俺は　若い頃　貧乏くじ引いたらそのくじが
40過ぎて大当たりになって返ってくるよって言いたい」
吉村「後半　花咲いた方が綺麗ですよね」
黒沢先生「うん　花も大きいし
よく人生すべて花満開なんて幻想を見てる若い子がいるけど
頭ん中がお花畑なんだろうね（笑）　枯れることを知らないんだよ
そりゃ若いうちは色気もあるし　元気だし
男も女も　春を売って　なんとかなるけど
年取ると春売れないよ
人間力が試される
春売ったり買ったりも程々にしないとな
俺なんて今までめちゃくちゃなことばかりだよ
学生時代なんて　俺の無知さから
ホームレスをけっこうな勢いでからかったら

そのホームレスがカッターナイフ持って学校へ乗り込んできてね
臨時全校集会が行われたよ
そういえば　その時　罪の償いだとかで
しばらく学校の掃除させられたっけな
こんなこといくらでも出てくるよ
人生に迷って九州まで霊能者と言われる人に会いに行ったり（笑）
催眠術師のとこ通ったり（笑）
一時期　鬱病みたいになってね　引き籠ったり　顔が痺れたり
色々あり過ぎて声もまともに発せない時もあったよ
お金に目が眩んで　俺自身　詐欺めいたこともしたけど
逆に詐欺の被害に何度もあって
言えないくらいの額　だましとられたり
色々
詐欺師って夢を金の力だけで叶えれると　うまい具合に言うのね
ま　お金だけで叶えられる夢なんてないんだけど

人間の持つ力がもちろん必要でね」
吉村「ブラックなことも経験されたんですね」
黒沢先生「誰でもブラックなとこあるよ
言わないだけで
うん　まあ　諸悪の根源はじいちゃんの介護からだな
面白いのはね
嫁が100やっても娘の1に敵わないんだよ
その1が光っちゃって
娘が全部したことになっちゃうの
なんでかというと
じいちゃん自身　娘が可愛いもんだから
やってくれたやってくれたって言うでしょ
娘自身も全部やっているって言うでしょ
親戚は学歴が良くても　何故か信じるでしょ
この見事3拍子　凄いのが揃ったでしょ

世の中って平等じゃないんだなと　それ見て思ったね
普通に考えて　月1の娘より
同居家族が介護しているって思わないものなのかね
そういう人は読めないいんだよ　想像ができないのね
1点しか見えないの　蜃気楼を見ている顔をしてるんだよ
なんでかわかる？
裏の人間になったことないから」

吉村「いやー　いくらなんでも読めてたと思いますよ　私でも分かりますし」

黒沢先生「読めてたのかな　そうかもね
関わりたくないから　スルーしてたとか
同居している＝やって当たり前みたいな
そろばん勘定で考える親戚だから　仕方ないか
じいちゃんが商人だけあるわ（笑）
物ならいいけど
人間って心があるのにね

それにしても凄い冷たかった　悲しかったね
労いの一言でもあればまだ良かったけど　残酷な感じですよ
俺だって　じいちゃんが歩行不安定だから
夜　寄り添って寝たよ
寝たきりより中途半端に動ける時がいちばん神経遣うんだよ
転ぶ不安が常にあるから
転んでみ　親戚に何言われるか分からないよ
うーん
それもあって歯車がおかしくなったのは事実だな
人並み外れて泥水飲んだことのない人には分からないことってあるんだよ
「介護って凄い心労だと思います　想像ですが

吉村

あれかもしれないですね
ちょっと特異な環境下かもしれないです
勲章もらったおじい様が三男と住むという
普通は長男家族と住むのが一般的で　それでも色々あるようですし

ドラマで見た知識ですが」

黒沢先生「キテレツな感じはあるよね　母が苦労したよ
結局　筋違いなことをしちゃったんだよ
文章でも筋とか筋道ってあるでしょ
筋を違えるとおかしなことが起きるんだよ
娘が介護してるという蜃気楼が出現しちゃったり（笑）
なんかアメージングでしょ
ファンタジー入っちゃうのね
これ　ドラマや小説の世界ならありだけど
現実世界で起きては不味いんだよ
だけど　いいんだよ　面白かったから（笑）　鬱っぽくなったとはいえ
じいちゃん孝行できたし
アンラッキーかなと思った頃もあったけど
実は物凄いラッキーマンなんだよ俺は
だって

孫の中でダントツに可愛がってもらったし
四六時中　座敷犬のようだったよ俺
昭和天皇にも会ったことあるじいちゃんの座敷犬になれたんだから
感謝ですよ
外から来た野良犬とは一筋も二筋も違うもん」

吉村　「野良犬ですか（笑）」

黒沢先生「うん　梅干しのおにぎり出しても
親戚は　この食い物不味いとか平気で言うからね（笑）
じいちゃん自身がペヤングソースやきそばなのにさ
質素な人だったから」

吉村　「そのお話だけで人間性というか関係性が分かります」

黒沢先生「まあね
じいちゃんの最期の言葉がね
今でも泣けてくるけど
【あーあ　子供たちに他人飯を食わせれば良かった

お前さんはどこか勤めなさいよ】
しっかり覚えてる
最期に人生を振り返って　ふと何か想ったんだろうね
じいちゃんは苦労苦労の人生だったから
あそこまで成ったんだけど
戦争で娘を亡くしているのね
それまで仏様を大切にしてなかったらしく
お墓へ行ったら　草木がボーボーだったんだって
じいちゃんはそれを見て　ご先祖様が怒ったんだって思ったらしく
それをよく俺に話したもん
それ以来　仏様を大切にしてるのね
その子の導きでじいちゃん自身が勲章をもらえたと思っていたし
子供には苦労させまいと思ったんじゃないの
うーん　それが良かったのか悪かったのか
結局のところじいちゃんの情けは子のためならず

巡り巡って俺のためだったんだよ　ホントに
いろんな人間模様を魅せてもらったからね
キラキラと愛に溢れる情景から
エグくて見てられないシーンまで
そのお陰で脚本家になれたし」

吉村　「人が多いとそれだけ揉め事も起きますし
外野がうるさい一族だったように思います」

黒沢先生「30人いたら　様々な価値観や喜怒哀楽が溢れるからね
親父が一人っ子だったら　俺も鬱になってないよ
だけど脚本家にもなってなかったな
なんでも一長一短あるんだよ
救いはさ
じいちゃんの頭ん中にはアンテナがいっぱいあったから
瞬間的に心を読める人だったこと
だから　俺への可愛がり方も上手かったし

母に対しては物凄い優しかったね
悩んでいる顔を察したり　亡くした娘と重ねた部分はあったと思う
それが当時　唯一の救いだったけど（笑）
この一連の事を親戚に伝えたいよ
未だに蜃気楼を見ているかもしれないからね（笑）
人間なら頷いて顧みるよ
伝える手段がないから　今度ドラマにでもしようかと思っていてね
親父が三男なのはドロドロ過ぎて分かりづらいから
分かりやすく次男にしようかと思っているよ」

吉村
「事実は小説より奇なりッですからね
次男の設定の方がマイルドでリアルです」

黒沢先生
「君も　もしかしたら脚本できるんじゃない（笑）
少々しゃべり過ぎたけど
そんな感じで生きてきたからか　遅くに春が来てね
カミさんに出会ったんだけど

冬が長かったぁ（笑）うん」
吉村「というか春って何ですか」
黒沢先生「春って　ほら　あれだよ
ポカポカするやつだよ」
吉村「あったかくなるということですか」
黒沢先生「うん　そういうことだ
未だに色々あるけど
俺自身が我が強いんだよ
だからこんな表現の世界で　自分をアピールしているんだけどさ
それと色々な目で見られやすいから「この野郎――っ」となってね
地元の友人の間では
トラブルメーカーの黒沢君って言われているくらいだから
だけど　そんな俺でも
今　やっと先生になった　うん　結果オーライでいいんだよ」
吉村「人間模様が見えるところに飛び込むしかないですね」

黒沢先生「そうね
良い事も悪い事も体感するといい
法律に反しない範囲で
人間って恐怖という感情も必要なんだよ
社会に飛び込む前って恐怖でしょ　ピリッとするでしょ
昔　ブンちゃんというパンチパーマのおっさんが近所にいて
俺の事を閉じ込めたり
あの［シャイニング］のジャック・ニコルソンのごとく
知らないか
怒鳴るのね　ただわざと誇張しているのが分かるから　コミカルなの
とはいえ子供ながら恐怖を覚えたよ
泣きべそかいたりしたなぁ
それがピリッとする
よく東北でナマハゲってあるでしょ　めっちゃ子供を泣かすやつ
ブンちゃんはリアルナマハゲをやってくれたわけ

だけど昔はブンちゃんのようなおっさんを
有り難く受け入れる親ばかりだったけどね
ナマハゲの知識があるから
今やったら　親が怒るよね　うーん無知だな
だからピリッとしない
まあ　勇気を持って新しい世界へ飛び込めよ
とりあえずスカイダイビングだな（笑）」
吉村「はい　ありがとうございました　でもスカイダイビングはちょっと（汗）」
黒沢先生「うん（笑）
結局は自分次第よ
俺も十代の頃　君みたいな感じでね
母方の親戚の伝手で山崎さんという役者の楽屋にお邪魔させて頂いたのね
その流れで喫茶店でお茶をご馳走になったんだけど」
吉村「え　あの映画【地獄】に主演された山崎さんですか」
黒沢先生「いや　その方の叔父さんね

吉村　　昔　任侠映画で有名だったんだけど」
黒沢先生「あ　先生は私よりずっと年上でしたね」
「年はいいんだよ（笑）　うん
その時の言葉がずっと忘れられなくてね
人生はマラソンと同じで42・195キロ
500メートルくらい先からスタートしただけで
よく2世だ3世だと言われる役者がいるけど
実力がない人は倒れるんだよ
実力がなければ倒れるんだよ
その500メートルは恵みだけど
その500メートルを色メガネで見られ
なんだかんだ言ってくる輩によってマイナスに働くこともあるんだよ
結局は自分次第ですよ
って　良い言葉でしょ」
吉村　「良い事と思われることの裏にはマイナスもあるということですね

自分の力次第だと思います」

黒沢先生「まあ
国のせいだ　人のせいだというより
最終的には自分次第なんだよ
活かすも殺すも
国のせいだって一生懸命言うくらいなら
国を変えてやろうという気概があってもいいのにね
そう言っている奴程　何もしないだろ
自分次第
これが世の常なんだよ
本当に頑張っている人は人の事言う暇ないから」

吉村「口だけの人はいます」

黒沢先生「まあ　俺なんかこの年になると審査員とかやらされるんだけど
人間の普遍的な真理はいつの時代も変わらないけど
どうしても昭和の感覚で見るし

年とると既成概念も強くなるのね　頑固になるというか
いずれ俺らは先に死ぬんだから
俺みたいな年寄り審査員の顔色窺って賞を獲るより
若い君らの世代が面白いという絵を描けたらいいね
今の子は内向的というか内面に目を向けるよね
それを外へ向けた瞬間　物凄い芸術が生まれるよ
今の若い子は秘めた芸術性を持っている
ただ外へ向ける勢いがもう一歩足らないんだよ　切り返しというか
よく内面に向けて自責の念に苛まれる子もいるけど
そんな必要は全くない
考えてみな
俺らの親の世代は学生運動だって集団でやりたい放題していたんだから
若い想いをみんなで外へ向けていたのが
いつしか内へ内へ向けていくようになってしまった
学生運動から

校内暴力だいじめだと外に向く子と内に向く子の混在する時代があって
今は皆　内へ向けていくように思う
だから病む子も多いと思う
真面目過ぎるよ
これはね　持論だけど
テレビの影響が強いと思う
俺らの世代はいじめだなんだという時代だけど
テレビに限らずファミコンだ色々な通信機器だ携帯だとあるでしょ
ファミコンという言葉が古いよな（笑）
そういう機器は
インドアで遊べて　会わずに何でもやりとりできるでしょ
便利だけど少しずつ少しずつ孤立化するんだよ
内へベクトルが少しずつ向いていくんだよ
いい例がひきこもり
一度なったひきこもりを戻すのはなかなか難しいけど

試しにテレビもファミコンも携帯も
社会全体でストップしたらひきこもりにまずならないから
本能として外に行かざるを得ないから激減していくよ
子供がより健全に育つ　断言する」

吉村
「携帯で話すのと会って話すのとでは表情や雰囲気
ぜんぜん温かみが違います」

黒沢先生
「違うよな
結局は大人たちの商売であって
便利さだけを強調するけど
子供への影響を考えずにきたツケが回って来たんだよ
なんでもそう
テレビでも子供が見てどう思うかどう影響するか
真似するのが子供だからね
今は良くなりつつあるけど
俺らの時代はおっぱいポロリとか

虐待かお笑いか分からない映像がいっぱいだったよ
絶対いじめの一因になっていると思う
あまり腹を立てても仕方ないけど
今は通信機器が異様に発達しているよな
そういう通信機器は冷たい感じがするんだよ
インドアになるとパワーも弱くなるのか
パワーみなぎる感じが欲しいね
ビートルズだって昔は不良の代名詞で
大人と若者がバリバリ対立してたんだから
今じゃ神様仏様ビートルズ様でしょ
そう思うと若い頃は思い上がるのも特権だよな
謙虚にするだけが良いとも限らない
聞くべきことは聞いて
心の底から違うと思うことは人間の真理に反するから
言うべき　反発するべき

だから
俺らも正しいことばかり言うわけでないから
違うものは違うと
俺らにかかってくるくらいの勢いでパワー全開にしてこいよ
闘ってやるから
じゃないと自分のカラーなり時代のカラーが出ない
新しいムーブメントを起こせるよう祈るよ
先ずはユーモアのある人間になりな　切り開いていけるから　うん」
吉村　「はい　頭の体操しながらユーモアのある人になれるよう頑張ります
質問ですが人間の普遍的な真理とはどういうことですか」
黒沢先生「あのひまわりを見てみんな美しいと思うだろ
そういうことだよ」
吉村　「あー　はい　ありがとうございます」
黒沢先生「おお　また来いよ　じゃあな」
吉村は深々とお辞儀をして　その場を後にした。

帰り道
区の地域掲示板のポスター
【介護員急募　時給1100円　食事介助　排泄介助　レクリエーション活動
友達の輪園　電話03－7777－55○×】
吉村「3Kっぽいな」と呟く。
その足で施設へ行く。
面接をして、即日合格。

自宅にて
吉村「明日から介護施設で働くよ　施設のアパートで暮らす　家賃も安いし」
母「えっ　大丈夫かしら　たいへんなイメージしかないけど」
吉村「亡くなったおばあちゃんが
若いうちの苦労は買ってでもしろってよく言ってたし」
父「急にまたどうした　何かあったのか　まあ　ばあちゃん子だったし

揉まれないと人間ができないから
1回　外へ出ないと家の良さが分からないだろうし
それと同時に家の欠けているところも見えるだろうし
自立するだろ　頑張れよ」

翌日から入職したものの
施設の経営が赤字のためか、時給も安く、コンビニ食の毎日。
排泄介助時の便の臭いはきつく、なかなか慣れない。
穏やかな老人だけではなく、寧ろ気性の荒い老人が多い。
吉村は塞ぎ込んでしまった。
身体がだるくて、鬱々していた。
退職者も時折出て、職員へのしわ寄せは増すばかりの日々。
屈折した心境の日々がしばらく続いた。
そんな時、同級生の藤田から久々に電話が掛かってきた。

藤田　「よッ吉村　大丈夫か
前はたまに電話くれたのに
ここのところ全くないから心配しちゃって
この前さ　芸人が自殺したニュース観て
ふと連想してさ　思わず電話したよ
お前　意外と繊細なとこあるし」
吉村　「ありがとう（涙）
介護の仕事してるんだけど
甘くなくてさ
全部が全部悪循環で」
藤田　「どうなのよ　え　介護？」
吉村　「うん
けっこうやばい感じ
今まで甘やかされて育ったから
一層辛くて

認知症も色々でさ　その老人の生きた背景を把握したり
気持ちを想像をしないとダメで　それが追いつかなくて　疲れてきた」

2時間程、電話が続いた。

その後は週2回程お茶をしたり、ご飯を奢ってもらったりしていた。

会話の癒す力をとても感じた。

この老人ホーム「友達の輪園」に足りないのは
会話をして、発散し、癒す場所・仲間だと確信した。
職員間の会話は少ない。
先輩に聞きづらく、頼れない新人にとっては不安感や孤独感を強く感じるだけだ。
企画書を書いた。2日間で書き上げた。

『【ワンコイン座談会】
一階ホールにて座談会を週1回開催
職場に居て、気の合う同僚同士なら、まだ良いです。
しかし、上司に気も遣うし、家でのんびりしたいという気持ちもあると思います。
つまり参加してもらえない可能性があります。
そこで、開催時間内ならば出入り自由で、30分間の参加で、
五百円を支給するワンコイン制（1時間で千円）を導入を提案します。
有償化する必要があります。
食事1回分くらいの費用の支給があると嬉しいですし、明日への活力にもなります。
会議ではないので、仕事の事に限らず、趣味の話でも何でも良いです。
しかし、会話だけだと限界もあるので、レクリエーションも取り入れます。
楽しいという感情は大切です。

職員間の良好な関係を構築すれば、退職者も軽減すると思います。
この座談会は、職場アピールにもなり得ると思います。
長期的に考えれば、人材面においても友達の輪園にとって有益でしょう。
他部署間と交流もでき、新しい発見や閃きもあると思います。
職員の孤立化を和らげ、仲間意識も芽生えていくでしょう。

友達の輪園においては、このような会の必要性をとても感じています。

職員の健全なメンタルは、ご利用者の心にも反映します。
そして、日々の空間に、明るい空気が生まれるでしょう。
いつしか、一つの風と成って、必ずや友達の輪園が明るさに包まれていくと思います。

まずは【共感と共有】が最優先だと思います。
「友達の輪園の今」を共感して
各々の介護観を共有していけたら、調和された友達の輪園になっていけると思います。

そして、私1人の知恵や発想では限界があります。

明るい友達の輪園にするための目標を意識した話し合いをしてみても良いではないですか。そのためのワンコイン座談会でもあります。

色々な部署の方が集まって、化学反応が起きるかもしれません。

未知数なところは勿論ありますが、明るい未来は想像できます。

というか、明るい未来しか想像できません。

私の介護観ですが
介護はネガティブでとても暗い世界だと思います。
この世界を如何に明るくもっていこうかというスタンスの仕事だと思っています。
介護士が暗くては、哀しさしかないです。
介護士が明るくしていて、成り立つ仕事だと思います。
是非ご検討の程よろしくお願いします。』

2日後

峰村施設長　「おい　吉村　ちょっと」

吉村　「はい……」

峰村施設長　「あの企画書読んだよ　とても良い見事な企画なんだけどさ
特養って国のお金で成り立っていて
その金を職員へあげるのは問題になってしまうんだよ
財源が厳しい
そもそも国が福祉を冷遇してる世の中だからさ
誰かのポケットマネーならいいけど　そんな余裕ある奴
介護士でなかなかいないしさ　ごめんな」

吉村　「……」

峰村施設長　「うーん　そういえば　あれ　相談員の富岡君がいたな

彼　いいとこの子でさ　ダメ元でちょっと聞いてみるよ」

吉村　「はい　なかなか厳しいんですね　了解です」

翌日

峰村施設長　「あ　富岡君」

富岡　「はい　施設長　なんでしょう」

峰村施設長　「実はさ　こういう企画があって　ちょっと読んでみて
なかなかの良い企画だけど
君も分かってるだろうけど　国の金を使うわけいかないんだよ
だから　ここは吉村の顔に免じて
お願い　出してくれないか」

富岡　「へー　ワンコイン座談会　面白そうな企画ですね
うーん　施設長は出さないんですか」

峰村施設長
「あっあーーー俺はさ　小遣い制で　カツカツでね　子供も3人いるし
君は独身だし　ほらっ　この友達の輪園の募金と想って　そこをなんとか
お願い　この通り」
富岡
「まあ月3万くらいですものね　では一丁やってみますか」
峰村施設長
「ありがとーーっ」

吉村はワンコイン座談会の管理人として毎回参加した。
吉村は軸となる人間だったが
黒沢先生の教えを守り、聞き手に徹した。
様々な笑顔を見て、そして悩みを聞いた。

「専門学校で習ったような教科書通りにはいかず

学校では人形相手に練習したけど
現場ではお年寄り相手で…
暴れるお年寄りもいて　格闘の連続です」
「職員の人数が少ないから　決められた業務をこなすので精いっぱいで…
お年寄りが可哀そうで思い悩みます」
「お年寄りにありがとうと言われると嬉しくて辞めれない」

吉村は施設長室のドアを叩いた。

吉村　「失礼します　施設長」
峰村施設長
　「お　どうした　事務仕事がいっぱいだよ」
吉村　「施設長　1つ提案があるんですが」

峰村施設長
「なんだって　また」
吉村
「いや2つ提案があります」
峰村施設長
「だからなんだって」
吉村
「掃除係の露崎さんが雨の日も外回りを頭に露つけながら掃除しているので
週にもう1回休んでもらい
その日　峰村施設長が掃除してみてはいかがですか」
峰村施設長
「事務仕事がいっぱいで厳しいよ」
吉村
「露崎さんもお年ですし　そこをなんとか」
峰村施設長
「じゃあやってみるよ　もう1つあるんだろ」
吉村
「これは難しくないですが
気が向いたらワンコイン座談会へいらしてください」

峰村施設長　「お　わかった」

峰村施設長　掃除日「雨かよ　嫌だな」

地域の人「あら　峰村施設長　そうですか
　偉い方ほど　こういうことをきちんとされているのですね
　きっとお年寄りにとって素晴らしい施設だと思います」

峰村施設長「あーハッハッハッ　今日は臨時でね」

地域の人「お疲れ様です」

フロアへ行く。

富岡　「施設長　どうしたんですか」

峰村施設長
「いやいや　たまには掃除しようかと」
富岡
「露さんもけっこうな年ですし　露さんを労っての事ですね
あーーあの女性利用者は　まあー気が難しくて困ります
職員の好き嫌いがあるようで」
峰村施設長
「そうか　本当だ　あんな表情見たことないよ
こういうこともあるんだな」
峰村は職員の介助方法に問題があると指導していたが
どうやらそうとばかりも言えないと反省した。
ワンコイン座談会にも参加してみた。

峰村施設長
「俺はワンコインいらないよー」
吉村
「とりあえず座ってください」
露崎
「この前はお休みありがとうございました」
峰村施設長
「いやいや」
露崎
「今ちょうど施設長と吉村君の3人なんで言いますが
富岡君が坊ちゃんなのが面白くないらしく
えり姉さんがきつく当たっているのを何度か見かけたことありますよ」
吉村
「私もよく見かけます」
峰村施設長
「えーーそれはえり子に言っとく
いじめなんてないと思ってたのに
そういえばあいつ意地悪いとこあったよな　正さないと」

峰村は幾度となく座談会に参加した。
職員たちの生の声を聞いて
自分の頭の中にある友達の輪園との相違が次から次へと見つかる。
そして課題も分かった。

峰村施設長　「お　吉村」
吉村　「はい」
峰村施設長　「お前　最初掃除しろって言ってきた時は何言ってるんだと思ったけど
色々考えてるな」
吉村　「はい　脚本家の黒沢先生に教えて頂きました」
峰村施設長　「ハッハッ　あの黒沢さんに会えるわけないけど
本かインタビューでか」

吉村　「はい　そういうことで」
峰村施設長
　「うん　まあ　そういうことでってよくわからないが　ありがとな」

徐々に
友達の輪園はホントに友達の輪が広がっていった。

一年後
赤字で退職者が続いていた友達の輪園の下降がピタッと止まりはつらつとした老人ホームになっていた。
活気が出て
職員も周りの友人・近所の人へ、ここでのお勤めを紹介するようになっていった。
派遣で繋いでいた職員もいなくなり、正規の職員が増えていった。

峰村施設長　「富岡君　ちょっと」
富岡　「はい　なんでしょう」
峰村施設長
「まさかの今月黒字だよ
これは君のお陰だ
功労賞として100万円あげる
これで海外でも行って遊んできなさい
ホントにありがとう」
富岡　「あっ……ありがとうございます
そんな大したことしてないですけどね」

スタッフルームにて
吉村　「どうしたんですか　そのご祝儀袋」
富岡　「峰村さんがワンコイン座談会のお陰で　この施設が黒字になったんだって

その功労賞だって
えーーずいぶんもらっちゃったな　儲かっちゃった
だけど先月　俺　アメリカ行ったし
これは元はと言うと吉村の企画があったからこそだから
ほら　１００万やるよ」

吉村　「マジすかー　えーー先輩　かっこいいです」

富岡　「こういうの昔話でもある【かさこ地蔵方式】って言うんだよ」

吉村　「そういう方式あるんですね」

富岡　「いや　俺が作ったんだけど（笑）」

吉村　「え（笑）」

富岡　「じいさんが地蔵にかさこを被らせて
最後の地蔵のかさこがなくてさ
自分の手ぬぐいを結んで
その日の夜
地蔵たちがじいさんの家に来て

米俵だ　小判だと　置いていく
それをじいさんが町の衆に分け与えるって話ね
お前が町の衆だよ」

吉村「じさま　ありがとうございます　ジーンとするお話ですね」

富岡「まだじさまじゃねーよ（笑）
まあ
これで海外行って来いよって峰村さん言ってたし
俺は海外行きまくってるから　お前行けよ」

吉村「よっしゃー　パプアニューギニア行ってきます」

富岡「は　え　大丈夫か　ちょっと100万もらっておかしくなっちゃったか」

吉村「本当に行きますヨ」

富岡「はい（笑）　いってらっしゃい」

吉村は自宅へ帰り、しみじみと過去を振り返った。
そして、藤田へ感謝の手紙を書いた。

『藤田のお陰で死なずに済んだ
　本当にありがとう
　今度　飯奢るよ』

そして
吉村はパプアニューギニアへ旅立った。
チンコに包む棒をつけて
「ウホ　ホッホー」と原住民の方と踊り戯れた。
持参したキャンバスとクレヨン。
熱帯雨林のある丘に座って、空を眺めていた。
それは雲一つない美しい空だった。
感動して涙が滲んだ。
そして、その溢れる想いをキャンバスにぶつけた。
最後に右下へ勇ましく『吉村友明』とサインした。

帰国と同時に黒沢事務所へ直行した。
吉村　「失礼します　先生　絵を描きました　是非　観てください」
黒沢先生「お　元気だったか　真っ黒に日焼けして　どれどれ」
吉村　「ハイッ　これです！」
黒沢先生「いいね　この青色　キてるよ　キてる　キてる　キてます
　　おッおお　頑張ったな」

画家　吉村友明の誕生した瞬間だった。

ファイト
H9.3.7

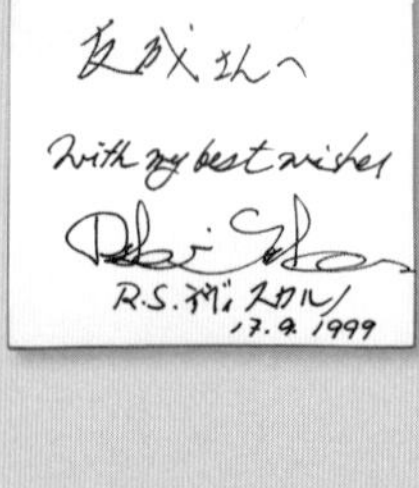
友成さんへ
With my best wishes
17.9.1999

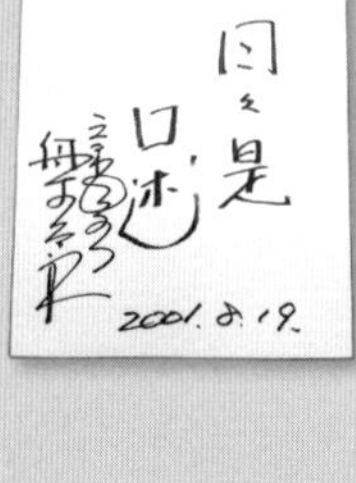
2001.8.19.

友成君へ
それいけ
アンパンマン

サインエッセイ

初めてサインを頂いたのは中学の時
ドラマの撮影で御茶ノ水にいらっしゃった赤井英和さん。
とっさに
カバンの中の吉村友成様と書かれている封筒を取り出す。
封筒を裏にして差し出す。
「こんなもんに初めてサインしますわ」
怒られてしまった。封筒なんて失礼な事である。反省。
だけどサインはしてくれた優しい赤井さんでした。
礼節を教えてくれたことに感謝です。

秋葉原を歩いていると、王さんが歩いていた。
あっ世界の王さんだと内心思う。
これはサインをもらわないわけにはいかない。
近所のハンコ屋のおじさんにペンを貸してもらい、勢い良く
「すいません　サインください」
一瞬驚いた表情をした王さん。

「サインするこっちの方がびっくりしちゃうよ」

どうやら勢いが良過ぎたようだった。

いや、私の差す指がワイシャツだったからか。ワイシャツにサインしてくれた。

サインしてもらう物は、色紙がベストだと思った。

嬉しくて嬉しくて
家へ帰って、父に
「王さんのサインだよ」

父　「バカみたいだぞ」

ワイシャツだったからかと、反省した。

赤井さんの時の反省が活きていなかった。


電車の向かい前に座っている男性。

落語家の鶴光師匠だと内心思った。

神田駅で降りた師匠を追いかけ、降りる。

「すいません　鶴光師匠」

色の薄いサングラスをかけた師匠が振り向く。

私は王さんの時以来、カバンに常時入れてある色紙をパッと出す。

「よく色紙持ってまんがな　はいよー」

「ありがとうございます」

粋ないで立ち、立ち去る師匠。

このようにサインをもらった話を読んで
皆さんはどう感じるだろうか。
私はサインをもらうと嬉しさの余り友人に言う。
友人によって様々な反応がある。
ある友人は、凄いと言い、興味深く聞いてくる。
ある友人は、自慢話だと面白く思わない。
ある友人は、へーで終わる。
また
ある友人は、吉村は虚言癖があると周りに言う。

興味が湧いてくる友人に言う分には良いが、あまり人に言うものではないなと思った。

自分のココロの思い出としてとっておこうと。

今、興味深く聞いてくる友人しか付き合いがない。


御徒町のこまどり姉妹のお店へ行った。

「芸能界の裏話を話すとみんな喜ぶのよ」と言うこまどり姉妹さん。

サインにこまどりの絵を描いて頂いた。

サインだけでは芸術性が低く、プラスアルファとして昭和の方は特に絵を練習したとか。

デヴィ夫人は英語で with my best wishes と書き、
インドネシア語と日本語の2つサインをして頂いた。

サインだけでは寂しいものである。


ミーハーな私は上野松坂屋へ行った。

やなせたかし先生のトークショー。

あの大先生がコスチュームを着て、無邪気にトークしている。

その後、楽屋のドアを叩き強く願ったら、特別に入れてもらった。

スタッフは困惑していた。
アンパンマン。
嬉しい色紙だ。
アンパンマンは自分の身を削ってまで、人に尽くすヒーローだ。
やなせ先生の80歳を超えても無邪気にコスプレをする姿を観て
絵でも何でも
思ったことをやれば良いと思った。書けばいいと思った。
周りの目を気にすればするほどつまない無難な作品になる。
嫌ってもらって構いませんというスタンスで書くことが一番良いと思った。
その方が毒が効いて良いのであろう。
毒がないと面白くない。
煙草や酒のように毒があるからこそグッとくるものだ。
アンパンマンは自分の顔を食べさせるという毒性がある。
よく考えると
昔話でも毒性があるのが、子供に意外とうけるものだ。

［笑点］の出待ちにて
五代目・円楽師匠　馬みたいな顔で背が高い。
ペンのインクが切れかけていた。
「あれ」
インクが出ないことに、戸惑う円楽師匠。
だけど、力強くサインして頂き、インクを出してくれた。
準備は大切だと思った。
傍らで楽太郎さんがカバンを持っていた。
楽太郎さんにもサインを頂いた。
『日々是口述』と記して下さった。
日頃の行いが言葉に自然と出る意味であろう。

落語は
聴いていると常識を言っているのに、ふいに非常識なことを言う、その落差が面白いようだ。
常識と非常識がわからないと人を笑わすことはできないと思った。
一般的には芸人は変わった人のように思われがちだが、

実際は常識をわきまえる真面目な人間でないとなれないと思った。

歌舞伎の［三人吉三］を観に来ていた瀬戸内寂聴さん。
舞台を観に来る有名人はけっこういる。
サインをお願いした。
サッとサイン。
何故か隣にいた水野晴郎さんにもお願いした。
ニコニコしていた。
演目中でも水野さんの笑い声だけが異様に響き、面白かった。
歌舞伎が大好きな方だと思った。

母方の親戚と歌舞伎座の出待ちをした際、
八十助さんとのツーショットを綺麗に撮影したいあまり
親戚がフレームへ入るのが嫌でパッと手で払ったことがあった。
親戚「感じ悪かった」
友成「1つの作品が作りたかったから」

親戚「いいじゃないの　写ったって
　　あの時　私がいたって思い出になるじゃないの」
私は、親戚が写り込むのもその写真の味になると気がついた。

スターと触れ合って思うこと。
人間なんだなぁ。
テレビの中の偶像とは違い、みんな人間なんだな。
ただ一人だけ、震え上がった方がいた。
歌舞伎座の出待ちをしていて出てこられた四代目中村雀右衛門さん。
歌舞伎の最高峰のお方が、この若い私より頭低くお辞儀をし、
最高敬語で友成様とゆっくり丁寧にサインしてくださった。
映画俳優から歌舞伎へ戻り、当時、映画は邪道という時代。
たいへんな苦労があったと感じる。
帰り際、車の窓を開けてくださり、招き猫のような手招きで
「また来てください」と微笑んでくださった。
震えた。

凄い方程、腰が低いんだなと思った。
歌舞伎は一言で美しいなと思った。
難しいことは分からないが
役者さんらがキメる時には全員で一斉に揃えてキメ
1つの絵となるんだと思った。

私は何を思ったかサインの練習をした。
字の書き順は無視して、どう流れるように、そしてカッコいいサインにするか考える。
母にちょっとサインくださいって言うようお願いして、練習してみる。
母「サインください」
友成「あ　いいですよ」
サインする。
気分良くなり、もう1回母にお願いする。
母「うぬぼれるな」
そうだな、サインできる人間になってからにしようと思った。

新宿の駅前。
物々しい雰囲気。警察官が立ち並ぶ。
そして選挙カー。
これは誰か来る。
もうそれは分かる。
小渕さんが来た。
これは握手してもらおう、グイグイと前方へ行く。
目と目が合い、がっちり握手してもらう。
嬉しい。天下の総理大臣と握手できるなんて。
家に帰り、父に言う。
「小渕さんと握手できたよ」
この時ばかりは、父は驚いた表情をした。

上野へ向かう大きな通り。
この道路は昭和天皇からずっと天皇陛下の通る道・要人の通る道路。

祖父が何故かたまたま花束を持っていた。
そして、たまたま天皇皇后両陛下が通りをお車で通る時に差し掛かる。
祖父が花束を掲げたら、美智子様が会釈してくれた。
祖父「たまには良い事もあるもんだ」

思えば
小学生の頃、母方の祖父と見た上野へ向かうゴルバチョフ大統領。
私の目が悪くて、ぼやけたゴルバチョフさんだった。
聞いた話だと、帰りに車から降りて、沿道の人々と握手したらしい。
残念な気持ちになった。帰りにいれば良かったと思った。

父方の祖父はバナナを日本に伝えたらしい。
私からしたら、とても可愛がってくれた優しいおじいちゃんだった。
祖父が園遊会へ行った6年後。
私は生まれた。

ただ普通のおじいさんではない感じだった。気品というか気迫というか。

サインはもらっておいた。

『努力』と真ん中に大きく書かれ、右に『希望』、左に『栄光』、今も部屋に飾っている。

どんなサインより大切なサインである。

祖母は太宰治を見たことがあると言う。
たぶん本当だと思う。
その当時は今ほど有名でなく、本郷へ誰かに会いによく来たらしい。
歩き方が突っ張ったような独特な感じだったらしい。
私が思うに、当時麻薬をしていたからではないかと感じた。
祖母は私と同じミーハーだ。
戦後、古賀政男さん西条八十さん堀内敬三さんが集まっていたところへ
友人の伝手で挨拶へ行ったらしい。
戦後でみんな痩せていたとのこと。
先生方のサインを頂いたが、無くしてしまったらしい。
今あればお宝であろう。

サインも気持ちを込めて誠意を持ってお願いすれば、
有名人もその道を極めた方だから、サインはしてくれる。

異常な変装をして、事務所通して下さいとか言う芸能人と訳が違う。

サインをもらってから
その方のラジオやテレビを聴いたり、観たりすると
自分のココロに響きやすくなるものだ。
ココロにレアに響く。

サインをもらうにはまずタイミングが必要です。
パッと色紙を出す瞬間的なタイミング。
それに伴う勇気。
けっこうドキドキするものである。
そして色紙とペンの用意は勿論のこと、来そうだという空気を察知する能力。

有名人を見つけるアンテナ。有名人への礼節、尊敬の気持ち。
色々な条件が揃わないとサインは生まれない。
そもそもサイン自体、価値はあるのだろうか。
サインを通して、有名人と話せる、触れ合えることに軸を置く自分がいる。
だから人を介してもらったサインには思い入れがない。

色々と撮影も観に行った。
昔、後楽園で大量の芸能人がマラソンをするという、
今思うと意味がよくわからない番組があった。
観に行っては、写真を撮影したり、
帰って録画を観ては、自分が映っているのを見てエキストラ気分を味わっていた。
まだ卓球の愛ちゃんが子供の頃、何故か愛ちゃんも走っていた。
ジミー大西が「やってる　やってる」と言ってけっこうなスピードで走っていた。
何をやってるのか疑問に思った。

テレビの観覧もよく行ったものだ。
生放送の「笑っていいとも」は、女性の方が反応が良いから、
応募しても女性しか当選しない。
だから、親戚の伝手で観せてもらった。

録画収録も色々行った。
1時間番組だと1時間半以上撮る。
テレビで観るより、濃度の薄いトークを観て帰った。

講演会もよく行ったものだ。
金メダルをどこへ仕舞ったかわからない、過去の栄光は気にしない山下泰裕さん。
音楽に合わせみんなで歌い、
異様に大きな声で目立とうと歌うおばさんに困惑していた面白い宝田明さん。
努力とはおんなのまたのちからの二乗と書くと言って笑いをとる小川宏さん。

中学時代

生島ヒロシさんが学校へ講演会にいらっしゃった。
生島さんは、日本の武道は1つした方が良いとおっしゃっていた。
生島さん自身、アメリカで空手を披露したら、世界の人と友達になれたとのこと。
そのお話を聞いて、私も高校時代、弓道を選んだ。
生島さんの講演会後、校長室のドアを叩いて、サインと共にファイトと書いて頂いた。
教頭先生には誰にも言うなよと言われた。
私の人生の節目に導きを与えてくれた有名人の皆さん。

私は秋葉原で育った。
幼い頃、テレビっ子でテレビが友達のような子だった。
祖父の膝の上で［水戸黄門］を観て、
祖父が
「西村晃は都会的で品があって良い」と言ったのを耳にした記憶が蘇る。
［大岡越前］［昭和歌謡ショー］
年寄りが好む映像が流れていた。
私が回すチャンネルはドリフターズの［8時だョ！　全員集合］。

父は［ひょうきん族］が好きだったが、私は［カトちゃんケンちゃん］派だった。
そんな子だった。
テレビを観過ぎて、有名人や芸能人に会いたい気持ちが湧いた。
そんな思春期だった。

何でそもそも芸能に興味が湧いたのか。
興味ない人は何をしても興味がない。
思えば
幼少期、動物が大好きな子だった。
今はさほど好きでもなくなってしまったが。

昭和も終わりそうな頃。
祖父と毎日、上野の松坂屋へ行っては、
毎回1つ、動物のぬいぐるみや置物を買ってもらい甘やかされた。
山のようなぬいぐるみ。
父が粘土で作ってくれた森に配置しては夢中で遊んでいた。

動物が好き過ぎて、母に動物名を言ってもらい真似をする。
「ライオンさん」
「ガオッ」
次から次へと好んで動物の真似をした。
最後、タモリさんの
「友達の輪」で頭上に手で円を描き終わる。
演技のメソッドでもアニマルなんとかというのがあるようだが
人も犬みたいなヒト　猫みたいなヒト　ライオンみたいなヒト
動物の延長線上に
個性が際立つ芸能人に興味を抱いたのだろう。
そして秋葉原という個性が強い町　色々な人種がいる町。
人間観察が好きだった。
若い頃、ミーハーをしながら
個性豊かな有名人の人間観察を楽しんでいた。
今では天国にいる方も大勢いるが、懐かしい思い出だ。
中村勘三郎さん　桂歌丸さん

浅香光代さん　蜷川幸雄さん　三谷幸喜さん……
ここには書き切れない。ありがとうございました。
「風を待って」という歌を聴いて、20年前の記憶が鮮明に蘇った。

風となって思い出が目に浮かぶ。
とてもやさしい風に包まれていた。
数々の方から学び、愛を感じた日々だった。
本当にありがとうございました。

そして今、私はこの本にサインしている。

【著者プロフィール】

吉村友成

1981年　東京都千代田区
都立三田高等学校卒業
東海大学文学部日本文学科中退
介護福祉士　弓道二段
著書『光を射抜く～瞬時の輝きを求めて～』
（2023年、パレード）

サイン君の空

2024年7月7日　第1刷発行

著　者　吉村友成《よしむらともなり》

発行者　太田宏司郎
発行所　株式会社パレード
　大阪本社　〒530-0021　大阪府大阪市北区浮田1-1-8
　　TEL 06-6485-0766　FAX 06-6485-0767
　東京支社　〒151-0051　東京都渋谷区千駄ヶ谷2-10-7
　　TEL 03-5413-3285　FAX 03-5413-3286
　https://books.parade.co.jp
発売元　株式会社星雲社（共同出版社・流通責任出版社）
　〒112-0005　東京都文京区水道1-3-30
　TEL 03-3868-3275　FAX 03-3868-6588
装　幀　藤山めぐみ（PARADE Inc.）
印刷所　創栄図書印刷株式会社

ISBN 978-4-434-33571-6　C0093